— For my dear friends, with love. Special thanks also to Manli Peng and Kate Wilson whose help and encouragement was greatly appreciated. W.M.

— To Susan Hou, for all her help. R.K.

Illustrations copyright © 1998 by Wenhai Ma
English text copyright © 1998 by Robert Kraus
Hmong translation copyright © 1998 by Pan Asian Publications

Published in the United States of America by
Pan Asian Publications (USA) Inc.
29564 Union City Blvd., Union City, CA 94587

Tel. (510) 475-1185 Fax (510) 475-1489

ISBN 1-57227-047-0
Library of Congress Catalog Card Number: 97-80553

Editorial and production assistance: William Mersereau, Art & Publishing Consultants

Printed in Hong Kong

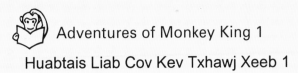

Adventures of Monkey King 1

Huabtais Liab Cov Kev Txhawj Xeeb 1

THE MAKING of MONKEY KING

Ntuj Tsim Huabtais Liab

Retold by Robert Kraus and Debby Chen
Illustrated by Wenhai Ma
Hmong translation by Xe Susane Moua

English / Hmong

Pan Asian Publications

Long, long ago, in the far eastern land of Ao-lai was
a great sea. And out of this swirling sea rose Flower
Fruit Mountain. At the top of this mountain lay a
giant mysterious rock.

Puag thaum ub, nyob rau lub tebchaws Ao-lai sab hnub tuaj,
muaj ib lub pas hiav txwv. Tawm hauv lub pas hiav txwv los
yog ib lub roob tis npe hu ua Txiv Paj Tawg Roob. Nyob
saum qaum roob muaj ib lub pob zeb txawv txawv kawg li.

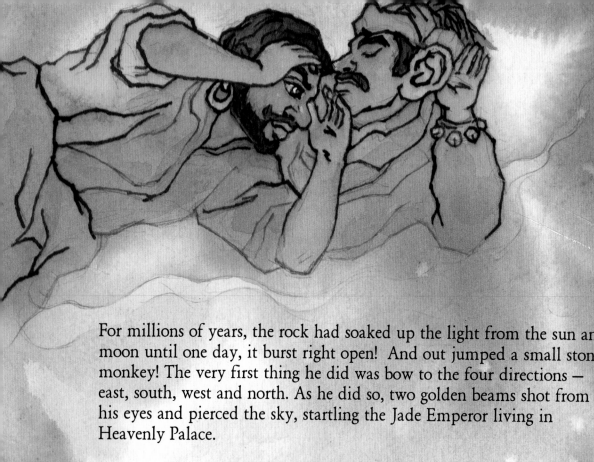

For millions of years, the rock had soaked up the light from the sun and moon until one day, it burst right open! And out jumped a small stone monkey! The very first thing he did was bow to the four directions — east, south, west and north. As he did so, two golden beams shot from his eyes and pierced the sky, startling the Jade Emperor living in Heavenly Palace.

Tau ntau txhiab xyoo los lub pob zeb ntawd tau tiv tshav tiv nag, muaj ib hnub ces nws qhib hlo. Tawm plaws los yog ib tug Liab Pobzeb! Nws tawm plaws los ces nws pib hawm rau plaub ces kaum qab ntuj. Nws pe rau sab hnub tuaj thiab sab hnub poob, pe rau sab qaum teb thiab sab qab teb. Thaum nws hawm tag nws ob lub qhov muag ci ob txoj kab teeb cig mus txog qaum ntuj. Ob txoj kab teeb ntawd ua tau Faj Tim Huabtais saum qaum ntuj ceeb nkaus.

The Emperor quickly called his two captains, Thousand Mile Eye and Fair Wind Ear, to investigate. They threw open the South Gate of Heaven, spotted the stone monkey, and quickly reported back to the Jade Emperor who merely nodded, saying, "Since all creatures on earth are magical, this stone monkey should really be no surprise to us."

Tus Faj Tim Huabtais hu nws ob tug tub ceevxwm loj hu ua, Muag Pom Deb thiab Pob Ntseg Hnov Zoo los mus tshuaj xyuas saib yog dabtsi? Nkawv qhib hlo lub vaj loog qaum ntuj lub qhov rooj laj kab ces pom loo Liab Pobzeb. Ces nkawv txawm rov los qhia rau Faj Tim Huabtais. Faj Tim Huabtais hais tias, "Txhua txhua tus tsiaj nyob hauv ntiaj teb muaj khawv koob, mas tus Liab Pobzeb no peb yeej tsis muaj kev txhawj txog li."

The stone monkey soon joined the other monkeys who lived on the mountain. Together they spent many joyful days frolicking among wild flowers and feasting on fruit. One hot day, the monkeys went to bathe in a cool, rushing stream. Restless and curious as ever, they all decided to find out where the stream began.

Ces tsis ntev Liab Pobzeb koom nrog lwm cov liab nyob saum toj roob. Uake lawv muaj kev lomzem uasi thiab noj txiv ntoo. Muaj ib hnub kub kub, tag nrho cov liab mus da dej nram ib tug kwj deg. Cov liab xav paub seb tus kwj deg ntws qhov twg los, ces lawv txawm pib mus nrhiav.

The monkeys swung from tree to tree, following the twists and turns of the stream. Finally, they discovered a giant waterfall hanging like a great white curtain from the sky. "The first one to jump through this waterfall and return safely," declared the monkeys, "will become our king." The stone monkey pushed his way through the crowd and shouted, "I will go!" He closed his eyes and leaped.

Cov liab dhia ntoo taug tus kwj deg. Mus mus txog ib tog kev lawv pom ib tug dej tsaws tsag dai li ib daim ntaub saum ntuj los. Ces cov liab txawm hais tias, "Thawj tug dhia dhau tus dej tsaws tsag no thiab rov los tsis poob deg no ces nws tau ua peb tus huabtais." Ces Liab Pobzeb txawm huas ntej los hais tias, "Cia kuv mus!" Nws qi qhov muag ces dhia plho lawm.

When he opened his eyes, he saw a splendid iron bridge stretching before him. Beside the bridge was an inscription that read: *Flower Fruit Mountain is Blessed, and Water Curtain Cave Leads to Heaven*. Walking boldly over the bridge, the stone monkey soon found a great cave. Inside, there were stone chairs and beds, and hundreds of stone bowls and pots. "What a perfect place to live!" he thought, and he raced back to fetch his friends. Eagerly, they followed him back through the waterfall.

Thaum nws qhib qhov muag, nws pom ib tug choj hlau hlauv ntawm nws xubntiag. Sau nyob ntawm tus choj hlau muaj ib kab ntawv nyeem li no: *Txiv Paj Tawg Roob muaj koob hmoov thiab muaj daim dej tsua mus cuag qaum ntuj*. Liab Pobzeb mus hla tus choj hlau qhuas ntxhias ces nws los pom ib lub qhov tsua loj loj. Nyob hauv lub qhov tsua muaj rooj zaum, muaj txaj pw, thiab muaj laujkaub tais diav ntau ntau. "Cas qhov chaw no es yuav ntxim nyob kawg li!" Nws xav tau. Ces nws khiav khiav rov mus hu nws cov phooj ywg. Cov liab zoo zoo siab, cov liab lawv Liab Pobzeb qab hla daim dej tsaws tsag mus rau qaum ntuj.

The stone monkey seated himself on the biggest chair. Raising a paw, he declared, "We agreed that whoever jumped through the falls shall be king. So now you must salute me!" "Hurrah! Long live the Handsome Monkey King!" cheered the rest of the monkeys. Life was now better than ever! During the day they played on Flower Fruit Mountain and during the night they slept in Water Curtain Cave. They no longer worried about harsh weather or fearsome beasts!

Liab Pobzeb zaum saum ib lub rooj loj tshaj plaws. Ces nws tsa tes hais rau cov liab, "Peb tau cog lus cia tias leej twg dhia dhau dej tsaws tsag ces tau ua Huabtais. Tam sim no nej hawm kuv ua Huabtais Liab!" Yog! Yog! Peb tus Huabtais Liab sawv nom kom nyob mus tas ib sis! Qw qw cov liab. Lub neej nyob saum Txiv Paj Tawg Roob zoo tsis muaj ib yam piv tau li. Thaum nruab hnub lawv uasi. Thaum hmo ntuj lawv pw hauv qhov tsua. Lawv tsis muaj kev txhawj xeeb txog dabtsi li!

For four hundred years they lived this carefree life, until one day, during a jolly banquet, a sad thought struck Monkey King and he suddenly burst into tears. "Why are you crying, your Majesty?" asked the bewildered monkeys. "Isn't our life wonderful?" "Life is wonderful," wailed Monkey King, "but one day I will die and this wonderful life will be all over!"

Tau plaub puas xyoo cov liab nyob ua lub neej tsis muaj kev ntxhov siab li. Tab sis muaj ib hnub thaum lawv noj ib rooj mov, Huabtais Liab xav tau ib yam chim chim nws siab. Ces nws pib quaj. "Vim licas koj quaj, Txiv Huabtais Liab?" nug cov liab. "Puas yog peb lub neej tsis zoo lawm?" "Peb lub neej zoo kawg," Huabtais Liab teb, "Tab sis hnub twg tsis muaj kuv ces lub neej zoo no yuav tsis muaj ntxiv lawm!"

Upon hearing this, all the other monkeys burst into tears as well. Finally, a wise old gibbon came forward. "Never fear," he said, "I have heard that Buddhas, Immortals and Sages are not subject to Yama, the God of Death. Why not find these great beings and ask them for the secret to eternal life?"

Monkey King was overjoyed! The very next day he said good-bye to the other monkeys and set out on his journey in a tiny raft.

Cov liab hnov txog qhov no ces lawv txhua leej pib quaj. Ces muaj ib tug txiv cuam txawj ntse los hais tias, "Tsis txhawj. Kuv hnov muaj ib tug Haujsam paub kev tsis muaj qaug mus rau dab ntxwg nyoog teb. Yog li, peb mus nrhiav tus Haujsam no coj los qhia peb txog txoj kev ua neeg tsis muaj ploj tuag ntawd?"

Ces Huabtais Liab xeev rov zoo siab. Rov rau taigkis nws tso nws cov kwv tij liab nyob tom qab, ces nws caij ib lub phuaj ntoo me me mus lawm.

He sailed in and out of sunny days and moonlit nights until he came to a small seaside village. Some fishermen were on the beach, salting their catch. Monkey King noticed with envy that they all wore clothes. He jumped up and down and made such awful faces that all the fishermen ran away in fright. In his haste, one fisherman ran right out of his clothes! This suited the cheeky monkey just fine. He dressed himself in the clothes and set off into the land of humans, proud as a peacock.

Nws caij nws lub phuaj ntoo mus nruab hnub thiab hmo ntuj txog txij nws los txog ib lub zos me me nyob ntawm ntug dej. Muaj ib co neeg nuv ntses las las ntsev ntawm ntug dej. Huabtais Liab pom lawv hnav ris tsho ces nws khib khib siab. Ces nws dhia lwj dhia liam ua ntsej muag phem tag rau cov neeg nuv ntses. Lawv tau ntshai heev. Lawv khiav mus tag ua rau ib tug ris tsho hle hlo. Ces Huabtais Liab zoo siab tias nws tau ris tsho hnav. Nws muab cov ris tsho hnav ua zoo nraug ntxhias li tus yaj yuam mus rau hauv tib neeg lub ntiaj teb.

Monkey King traveled for many years, asking everyone he met if they knew the whereabouts of a Buddha, an Immortal, or even a Sage. But no one knew. Then one day, he happened upon a woodcutter at the edge of a forest. The woodcutter told him that, indeed, he knew of a magical Immortal named Master Subodhi who lived in a nearby cave with his many students.

Huabtais Liab mus tau ntau ntau xyoo nug txhua leej txhua tus nws ntsib seb lawv puas paub Haujsam nyob qhov twg. Tabsis tsis muaj leej twg paub li. Ces muaj ib hnub nws ntsib ib tug neeg txiav taws nyob tom ntug hav zoov. Tus neeg txiav taws qhia rau nws hais tias muaj ib tug Haujsam hu ua Xunpaudis nyob ze ib lub qhov tsua nrog nws cov tub kawm ntawv.

The Master, strange to say, seemed to be expecting Monkey King. And wasting no time, Monkey King asked him if he could become his student. Subodhi looked deeply into his face and replied, "I know you are sincere, and that you have traveled far to find me, but I see also that you are vain and naughty!" "Oh no, I'm not!" protested the Monkey King. "Please, give me a chance!" Subodhi finally relented, "Very well," he said, "you may be my student. While you study with me, you will be known as *Sun Wukong.*"

Haujsam Xunpaudis kuj tau cia siab tos Huabtais Liab cuag li nws yeej paub ua ntej lawm. Mus txog, Huabtais Liab thov ua ib tug tub kawm ntawv. Haujsam Xunpaudis ntsia ntsia Huabtais Liab ces nws hais, "Kuv paub koj yog ib tug neeg ncaj ncees thiab koj tuaj kev deb tuaj nrhiav kuv. Tab sis kuv pom koj txhoj txhoj pob thiab tsis muaj cwjpwm li! "Aub, kuv tsis yog li koj hais!" hais Huabtais Liab. "Thov koj zam txim ib zaug pub rau kuv ua zoo!" "Aws, uali," hais Haujsam Xunpaudis. "Yog li koj ua kuv tus tub kawm ntawv. Thaum koj kawm nrog kuv koj yuav tsum yuav lub npe *Tub Vamkoob*."

Monkey King lived humbly like the other students. He listened intently to Subodhi's teachings and learned the martial arts. Seven long years passed, but he was still no closer to learning the secret for eternal life. Monkey King could stand it no longer. In the middle of a class, he jumped up and cried, "This is just too boring! I have been here so long and all I have learned to do is clean, cook and wash." Master Subodhi was furious! He stepped off the podium and struck Monkey King three times with his ruler. "You don't want to learn this! You don't want to learn that!" he said, "What do you want to learn?" With that, Master Subodhi left the room, hands crossed behind his back.

Huabtais Liab nyob ua siab mos siab muag zoo li lwm cov tub kawm ntawv. Nws mloog Haujsam Xunpaudis hais thiab kawm txawj tes taw. Xya xyoo dhau los lawm nws tsheem kawm tsis tau txog txoj kev muaj sia tas ib sis. Huabtais Liab siab ntev tsis tau lawm ces thaum kawm txog tog nws tsa suab quaj tias, "Yam no mas tsis muaj kev lom zem li! Kuv tuaj nov tau ntau xyoo es kuv nyuam qhuav kawm txawj ua mov noj, tu tsev, thiab ntxhua ris tsho xwb." Hais li ntawv tag ces Haujsam Xunpaudis chim heev. Nws nqis saum sam thiaj los ces nws ntaus Huabtais Liab peb qws. "Koj es tsis xav kawm yam no, tsis xav kawm yam tov, es koj yuav xav kawm dabtsi?" Hais li tag ces Haujsam Xunpaudis quav tes rau nraum nrob qaum mus lawm.

At three o'clock the next morning, Monkey King entered Master Subodhi's cave through the back door and knelt beside his bed. Suddenly awakened, Subodhi cried, "What are you doing here?" Monkey King replied, "When you struck me on the head three times, that was a sign that I must visit you at three o'clock. And when you put your hands behind your back, that was a sign that I must come in through the back door." Monkey King understood the secret signs! Master Subodhi decided that he was indeed ready to learn the Immortal Secrets. He whispered the sacred verses into Monkey King's ear, then sent him back to his own cave to practice. Three years later, Subodhi also taught him the Seventy-Two Transformations. Now, he could change into almost anything!

Taigkis thaum peb teev sawv ntxov, Huabtais Liab mus nkag Haujsam Xunpaudis lub qhov rooj tag ces mus txhos caug ntawv ib sab txaj. Haujsam Xunpaudis tsim dheev los pom Huabtais Liab nyob ntawv nws ib sab txaj. Nws txawm hais tias, "Koj ua dabtsi nod?" Ces Huabtais Liab teb tias, "Thaum koj ntaus kuv peb qws, kuv xav tias koj hais kom kuv tuaj ntsib koj thaum peb teev sawv ntxov. Thaum koj muab koj txhais tes quav rau nraum nrob qaum, kuv xav tias koj kom kuv tuaj nram lub qhov rooj tag tuaj." Huabtais Liab kuj nkag siab Haujsam Xunpaudis cov lus piav tes zoo lawm! Ces Haujsam Xunpaudis txiav txim siab tias txog caij qhia cov kev ua neeg nyob mus tas ib sis rau Huabtais Liab. Nws txawm ntxhi ib co lus rau Huabtais Liab pob ntseg. Ces nws kom Huabtais Liab mus tom nws lub qhov tsua es xyaum ua li hais ntawd. Peb xyoo tag, Haujsam Xunpaudis qhia rau Huabtais Liab xya caum ob txog kev ua khawv koob. Tam sis no nws txawj pauv ua txhua yam lawm!

One evening, when everyone was out admiring the new moon, Subodhi asked Monkey King how his studies were going. "Very well," he replied, "I've already mastered the art of cloud-soaring." Trying to impress his master, he flew into the clouds, traveled four miles and was back in a wink. "That was not cloud-soaring," laughed Subodhi, "that was only cloud crawling! Real cloud-soaring means you can fly a thousand miles with one jump!" "That's impossible!" cried Monkey King. "Nothing is impossible, only the mind makes it so," replied Subodhi. He leaned forward and whispered the spell for cloud-soaring. In no time, Monkey King mastered it.

Muaj ib hmo txhua leej txhua tus mus ntsia hli xiab lawm, ces Haujsam Xunpaudis nug Huabtais Liab tias, "Koj txoj kev kawm zoo licas lawm?" Huabtais Liab teb tias, "Zoo heev. Kuv txawj ntau yam lawm. Kuv txawj ya saum huab lawm." Ces nws txawm ua. Nws ya mus ploj ntais saum cov huab plaub mais rov los sai tshaj ib ntsais muag. Haujsam Xunpaudis luag luag nws xwb. Qhov nyuag ko mas nyuam qhuav yog huab nkag xwb. Huab ya mas yog ib dhia mus ib phav mais! "Qhov ntawv ua tsis tau!" nyooj Huabtais Liab. "Txhua tsav txhua yam yeej ua tau yog koj xav ua kom tau," hais qhia Haujsam Xunpaudis. Ces nws txawm rov ntxhi ib co lus qhia ua huab ya rau Huabtais Liab. Tsis ntev Huabtais Liab kawm ua tau huab ya lawm.

Although Subodhi was pleased with Monkey King, he often saw flashes of cockiness. Subodhi warned him: "Never show off your powers, or they will get you in trouble." Monkey King promised he would not. But one day, while playing about with some students, Monkey King transformed himself into a pine tree, flaunting his powers. The ruckus brought Subodhi running from his cave. One look at the pine tree and he realized what had happened. "You broke your promise," Subodhi cried angrily. "Leave my cave!"

Haujsam Xunpaudis kuj zoo siab tias Huabtais Liab txawj ntau yam. Tab sis nws kuj tseem pom Huabtais Liab siv nws cov txuj ci rau qhov tsis zoo. Ces Haujsam Xunpaudis thiaj li cem, "Koj ceev faj koj cov txuj ci. Koj tsis txob siv ua dog ua dig ib tsam koj muaj teeb meem." Huabtais Liab tau lees tias nws mam li tsis ua li lawm. Tab sis muaj ib hnub thaum nws uasi nrog ib co tub kawm ntawv nws pauv nws tus kheej ua ib tsob ntoo. Ces co tub kawm ntawv txawm mus qhia Haujsam Xunpaudis. Haujsam Xunpaudis khiav khiav tuaj txog ua cas nws pom ib tsob ntoo tiag. Ces nws ua tawv tawv cem kom Huabtais Liab khiav mus. "Koj dag koj cov lus lawm. Koj khiav tawm ntawm kuv lub qhov tsua no mus!"

Monkey King pleaded for another chance, but Subodhi would not be persuaded. "When you show off, people will ask you for the secret. Bad people will use it to harm others. And if you refuse to share your secrets, you could be harmed yourself. You have been here twenty years, and that is enough. Go back to your kingdom and use your powers to do good deeds."

Huabtais Liab thov thov kom Haujsam Xunpaudis cia nws rov ua zoo dua. Ces Haujsam Xunpaudis teb tias, "Thaum koj siv koj cov khawv koob ua dog ua dig, luag tej yuav nug koj. Cov neeg phem yuav khaws siv ua phem rau lwm tus. Yog koj tsis kam qhia rau lawv, lawv yuav ua phem rau koj. Koj nyob no tau nees nkaum xyoo lawm, nws txaus koj lawm. Koj rov mus koj teb chaws es mus siv koj cov khawv koob rau qhov zoo xwb."

Although sad, Sun Wukong thanked his master for everything, recited the cloud-soaring spell, and flew off. In a twinkling, he was back at his beloved Flower Fruit Mountain. How strange that no one was there to greet him. He went to Water Curtain Cave and found everything lying in a broken heap. In a corner lay an old monkey who sobbed, "While you were away, Demon of Chaos came and took everyone away. I was so sick, they left me behind." Monkey King was furious, and he flew off to the Demon's cave.

Huabtais Liab ua tsaug rau Haujsam Xunpaudis rau nws txoj kev kawm tau ntau yam. Ces nws ua khawv koob ya nrog huab lawm. Ib ntsais muag nws rov los txog Txiv Paj Tawg Roob. Thaum nws los txog tsis muaj leej twg hu nws li. Ces nws mus ntawm qhov tsua dej tsaws tsag. Nws pom txhua yam puas tsuaj tag. Tab sis nyob ntawm ib lub kaum tsev muaj ib tug txiv liab laus laus quaj quaj. "Thaum koj mus lawm, Dab Ntxwg Nyoog, tuaj coj txhua leej txhua tus mus lawm. Kuv mob mob es lawv thiaj li tseg kuv xwb." Hais li ntawv tag, Huabtais Liab chim heev ces nws tsho sas mus rau tom Dab Ntxwg Nyoog lub qhov tsua.

"Come on out, Demon of Chaos!" Monkey King shouted. Hearing the challenge, the Demon quickly charged out of his cave, but seeing only a small monkey in front of him, he burst out laughing. How could one monkey fight a fearsome demon and his villainous crew? But in less than a blink of an eye, Monkey King flashed through the air, landing a stinging punch on the Demon's nose!

"Tawm tuaj, Dab Ntxwg Nyoog!" qw Huabtais Liab nrov nrov. Dab Ntxwg Nyoog hnov ces nws txawm tawm tuaj. Nws tawm tuaj txog nws pom ib niag liab me me xwb, ces nws luag luag. Ib niag liab me me li ko xwb es yuav ua licas thiaj li tua tau Dab Ntxwg Nyoog thiab nws pab qhev? Tab sis ntsais muaj tseem qeeb, Huabtais Liab twb ntaus raug Dab Ntxwg Nyoog ib nrig ntawm qhov ntswg lawm!

Now in a rage, the Demon swung his sword at Monkey King who easily dodged it by flying into a tree. Again the Demon swung and missed, but this time his sword dug deep into the tree trunk. Try as he might, he could not budge it! Monkey King plucked a bit of his fur, recited a spell, and the hairs changed into an army of small monkeys. Swarming over the Demon, they held him down and tied him up with magic ropes. With a great push, they sent him rolling down the mountainside. After chasing off the other villains, Monkey King recited the spell again, and the little monkeys changed back into hairs. He hurried to the Demon's cave and released all his friends.

Tam sim no Dab Ntxwg Nyoog npau taws heev, nws rho loo rab ntaj coj los tua Huabtais Liab. Nws ib ntag pev ib ntag nrav los tsis raug Huabtais Liab li. Huabtais Liab siv nws cov khawv koob txia mus nraim tom ib tsob ntoo. Thaum Dab Ntxwg Nyoog fia ntaj tuaj ces raug tso ntoo xwb. Ces Huabtais Liab rho nws ib co plaub coj los ua khaw koob txia ua tau ib pab tub rog liab coob coob. Pab tub rog liab mus muab Dab Ntxwg Nyoog txhom thiab khi nrog ib txoj hlua khawv koob. Ces lawv txawm muab Dab Ntxwg Nyoog dov dua nram kwj ha. Thaum lawv hem Dab Ntxwg Nyoog co qhev tag, Huabtai Liab rov ua khawv koob rau cov tub rog liab pauv ua nws cov plaub hau dua. Ces nws tsuag tsuag mus tso nws cov phooj ywg tom Dab Ntxwg Nyoog lub qhov tsua.

"Hurrah to our amazing Monkey King!" they cheered.
Monkey King summoned the clouds, and carried his
friends back to Water Curtain Cave. They celebrated their
freedom and the return of their king with feasting and
dancing for three days and three nights.

"Huabtais Liab! Huabtais Liab!" lawv qw qw. Ces Huabtais Liab
ua kom cov huab nqa nws cov phooj ywg rov mus rau pem qhov
tsua dej tsaws tsag. Lawv hawm Huabtais Liab thiab lawv txoj
kev dim los tsev. Lawv ua noj ua haus puv peb hnub peb hmo.

It was a glorious return for the Monkey King! But this, dear friends, is really just the beginning of many more adventures...

Txhua leej txhua tus zoo siab Huabtais Liab rov los, tab sis, cov phooj ywg, qhov no nyuam qhuav yog thawj qhov ntawm cov kev txhawj xeeb es tseem yuav muaj ntxiv...

The Monkey King

In the seventh century, during the Tang dynasty, a Chinese Buddhist priest named Xuan Zang (c. 596-664) embarked on a dangerous pilgrimage to India to bring Buddhist scriptures back to China. The entire journey lasted twenty years. The priest returned to China in 645 bearing some six hundred texts and devoted the rest of his life to translating these into Chinese. In addition, he dictated a travelogue to a disciple and called it *The Tang Record of the Western Territories*. In it, he recounted details from his journey, the people he had met, and the harsh geography he survived (he scaled three of Asia's highest mountain ranges and nearly died of thirst on the desert plains).

Xuan Zang became a favorite of the Tang Emperor and a famous religious folk hero. For the next one thousand years the story of his pilgrimage inspired the literary imagination of storytellers and writers who embellished the journey with unbelievable episodes and fantastic characters drawn from popular folklore. In the thirteenth century, a supernatural monkey and pig became the priest's travel companions. Some scholars believe that the monkey may have been derived from Hanumat, the Monkey King from the Hindu tale, *Ramayana*. In the fourteenth century, a stage play in twenty-four scenes was composed. This drama is important because it contains all the main themes that would later appear in the sixteenth century Ming dynasty epic narrative *Journey to the West*.

Although written anonymously, there is much evidence showing that *Journey to the West* was most likely written around 1575 by a court official, poet and humor writer named Wu Cheng'en (c. 1500-82). The work is a massive, hundred-chapter masterpiece, and is more elaborate than any of the journey tales that came before it. It is not a novel in the conventional sense, but rather a complex narrative of episodic stories held together by the journey, its unifying motif. Wu Cheng'en did not merely weave the myriad tales together, he created a sophisticated allegory rich with humor, action, philosophy and satire. The mythical Monkey King who wreaks havoc in heaven, hell and everything in between, occupies the entire first part of Wu's epic. These first seven chapters are devoted to the beginnings of the Monkey King before his journey west: his birth and rise to kingship, his acquisition of magic under Master Subodhi, his gaining of immortality and disturbance of Heaven, and finally, his imprisonment under a mountain—the punishment set by the Buddha for his insolence. Throughout the remainder of the legend he consistently upstages the priest with his robust character and colorful antics.